पाँच बाल कहानियाँ

ममता कालिया

AF795858

भारतीय ज्ञानपीठ

18, इंस्टीट्यूशनल एरिया, लोदी रोड, नयी दिल्ली–110003

पहला संस्करण : 2013
दूसरा संस्करण : 2023

प्रकाशक
वाणी प्रकाशन ग्रुप
4695, 21-ए, दरियागंज, नयी दिल्ली-110 002
फ़ोन : 011-23273167, 23275710
ईमेल : sales@vaniprakashan.in

ISBN : 978-93-5775-907-6

पाँच बाल कहानियाँ
(कहानी संग्रह)
ममता कालिया

PANCH BAL KAHANIYAN
(Stories)
by Mamta Kalia

मुद्रक : आर. टेक ऑफ़सेट प्रिंटर्स, दिल्ली-110 032

Price : INR. 135

बन्दर और मोबाइल

इस घर में ठीक दस साल बाद पैदा हुई थी बूटा की बहन। भाई का प्यार का नाम था बूटा इसलिए बहन का नाम पड़ गया बूटी। वैसे उसके आधा दर्जन नाम थे। दादी, नानी, मौसी, ताई सबकी दुलारी थी। हर एक ने अपनी खुशी से उसे नाम दिया पर दोस्तों को उसका बूटी नाम ही जँचा।

बूटी के माता-पिता दोनों डॉक्टर थे। उनका सारा दिन काम से घिरा रहता। क्लीनिक, अस्पताल और क्लब के अलावा कई सामाजिक संस्थाओं के वे मेम्बर थे। फिर भी जैसे ही वे घर आते, वे बच्चों से बातें करते। लेकिन उनके घर आने का समय बहुधा आगे-पीछे हो जाता।

अब बूटी को घर बैठकर चैन कहाँ। थोड़ी देर वह वीडियो गेम खेलती, थोड़ी देर अपने पालतू कुत्तों शेरू और शेरी के साथ मन लगाती, फिर वह कॉलोनी में निकल पड़ती, कभी रुनझुन, कभी नेही, कभी लवा के घर। उसकी ढेर-सी सहेलियाँ थीं। जब उसके मम्मी-पापा घर आते, वे देखते बूटी नदारद है। पहले वे अपने सेवक लक्ष्मण को दौड़ाते, ''जाओ बूटी को ढूँढ़ो।'' लक्ष्मण बूटी को ढूँढ़ने में हैरान हो जाता। कभी चार नम्बर तो कभी एक सौ आठ नम्बर घर की घंटी दबाता। हाँफते हुए पूछता, ''बूटी आयी है?'' हर घर में सुनने को मिलता, ''आयी तो थी पर यहाँ से चली गयी।''

अक्सर जब तक बूटी को ढूँढकर लाया जाता उसकी मम्मी के लिए अस्पताल से फोन आ जाता, ''मरीज को दर्द उठा है, आकर देख जायें।''

इस दौड़-भाग का हल यह निकाला गया कि बूटी को एक मोबाइल फोन दे दिया जाये। जब बूटी अपने दोस्तों के घर जाये, अपना मोबाइल साथ ले जाये। एक दिन उसे मोबाइल का इस्तेमाल सिखा दिया जो उसने मिनटों में सीख लिया। अब जैसे ही उसका मोबाइल बजता वह समझ जाती कि मम्मी-पापा घर आ गये हैं और उसे बुला रहे हैं। वह फौरन घर की ओर चल पड़ती।

बूटी को मोबाइल की इतनी आदत पड़ गयी कि वह स्कूल भी मोबाइल लेकर जाने लगी। वैसे उनके स्कूल में मोबाइल रखने पर पाबन्दी थी। मदर सुपीरियर बच्चों के मोबाइल जब्त करने में बड़ी तेज थीं। जैसे ही किसी मोबाइल की घंटी उनके कानों में पड़ती, वे पूरी कक्षा की तलाशी ले डालतीं। लेकिन उन्हें मोबाइल पकड़ने का नशा था तो बच्चों को मोबाइल रखने का। वे उसे बन्द कर, धड़कन के सहारे, अन्दरवाली जेब में रख लेते। बूटी भी ऐसा ही करती।

एक दिन स्कूल के मैदान में बूटी और उसकी सहेलियाँ दौड़ का अभ्यास कर रही थीं। बूटी को लगा कहीं अन्दर की जेब से मोबाइल गिर न जाए। उसने अपना मोबाइल जेब से निकालकर अपने बस्ते के ऊपर रख दिया। उसने मोबाइल की आवाज चालू कर दी कि अगर फोन आया तो मैं दौड़कर उठा लूँगी। फिर वह खेल में लग गयी।

मैदान में पीपल के पेड़ के ऊपर मानू बन्दर अपने साथियों के साथ छुपा बैठा था। उसने पेड़ के नीचे बस्ते के ऊपर पीली-सी कोई चीज पड़ी देखी।

''लगता है कोई बच्चा आम रखकर चला गया है।'' मानू बन्दर ने सोचा और वह

झपटकर मोबाइल उठाकर वापस पेड़ पर चढ़ गया। मानू ने आजकल बहुत लोगों को मोबाइल गले में पहने हुए देखा था। लेकिन इस मोबाइल में गले का फीता था ही नहीं। बन्दर ने फोन उलटा, पलटा, जोर-जोर से हिलाया और फिर उसे चबाने लगा। मोबाइल में कोई स्वाद नहीं था।

तभी बूटी खेल पूरा कर पेड़ के नीचे आयी। दौड़ की प्रैक्टिस खत्म हो गयी थी। उसने कहा, "अरे मेरा मोबाइल कहाँ गया?"

उसने इधर-उधर, दायें-बायें चारों तरफ देखा, मोबाइल का कहीं पता नहीं था।

तब तक बाकी दोस्त भी आ गये थे। उन्होंने मैदान में भी नजर दौड़ायी। मोबाइल कहीं नहीं था।

तभी मोबाइल की घंटी सुनाई पड़ी। बूटी उछल पड़ी, "यह मेरा मोबाइल बज रहा है। कहाँ है, कहाँ है?"

लवा की नजर ऊपर गयी तो देखा बन्दर के हाथ में बूटी का मोबाइल है।

चोर का पता लग जाने पर सब मुँह से आवाजें निकालने लगे। बूटी के चारों ओर छोटी-सी भीड़ इकट्ठी हो गयी।

एक बच्चे ने कहा, "इसके ऊपर पत्थर मारो।"

दूसरा बोला, "बिल्कुल नहीं, वह काटने दौड़ेगा।"

रुनझुन बोली, "उसे कुछ खाने को दो तो फोन छोड़ देगा।"

बूटी बोली, "मिठाई तो मैं आज लाई नहीं। मेरे टिफिन में ब्रेड है, मैं निकालती हूँ।"

फोन काफी देर बजकर चुप हो गया था।

बूटी ने अपना टिफिन बॉक्स खोलकर मानू बन्दर को दिखाया। "पुच, पुच, आ जा ले, आजा मंकी।"

मानू बन्दर वाकई मोबाइल लेकर नीचे उतरा। उसने मोबाइल रखकर ब्रेड उठायी और वापस पेड़ पर भाग गया।

बूटी बोली, "अब मैं कभी स्कूल में मोबाइल नहीं लाऊँगी।"

देबू का गुस्सा

वे दो भाई थे। देबाशीष और शुभाशीष। कोलकाता में अपने माता-पिता के साथ रहते थे। जहाँ देबू दस साल का था और पाँचवीं कक्षा में पढ़ता था, वहीं शुभो केवल चार साल का था और अभी-अभी नर्सरी में दाखिल हुआ था। सभी छोटे बच्चों की तरह शुभो भी स्कूल जाने में आनाकानी करता था।

आज नौ बज गये थे, पर शुभो अभी तक बॉल से खेल रहा था। माँ ने उसे दो-बार नहलाने की कोशिश की, पर वह बार-बार बच निकलता। माँ ने उसके कान खींचे और जबर्दस्ती बाथरूम की ओर ले चली। देबू पास में ही खड़ा था। छोटे भाई को पिटते देखकर उसे कुछ-कुछ मजा-सा आ रहा था। दरअसल छोटा होने के कारण माँ का ज्यादा समय शुभो को सँभालने में लग जाता और वह देबू की तरफ ज्यादा ध्यान नहीं दे पाती थीं। इससे देबू को लगता, माँ उसे प्यार नहीं करतीं। देबू अपने भाई को बहुत प्यार करता था। उसे एक खिलौने की तरह समझता। ऐसा जीता-जागता गुड्डा जो हाथ लगाते ही हँसने या रोने लगता था। हँसा तो कोई बात नहीं, पर जैसे ही यह गुड्डा रोता, माँ समझतीं, उसने मारा है। फिर

देबू को वह डाँट पड़ती कि बस...।

इसीलिए आज माँ के दुलारे को माँ से पिटते देख उसे अनजानी खुशी मिल रही थी। इस वक्त उसे यह सोचकर मजा आ रहा था—"बच्चू, खूब उछलते-कूदते रहते थे। अब रोज स्कूल जाओगे तो पता चलेगा, भैया मजे नहीं उड़ाते, जान लड़ाते हैं पढ़ाई में। घर बैठे खेलने में और स्कूल जाने में बहुत फर्क है।" उसके मम्मी-पापा बच्चों को रोज स्कूल भेजने के मामले में बड़े सख्त थे।

शुभो को आँ-आँ करते और पानी की धार से बचते देख देबू ने ताली बजानी शुरू कर दी—"अहा! बच्चू अब पता चला।"

शुभो को सँभालने में माँ को काफी मेहनत करनी पड़ रही थी। बड़े लड़के को हँसते देख उनका धीरज छूट गया। शुभो के बदन पर तौलिया डालकर उन्होंने देबू को झिंझोड़ दिया—"शर्म नहीं आती, मदद नहीं कर सकते, तो तंग तो न करो।"

माँ तो छोटे को लेकर कमरे में चली गयी पर देबू सन्न-सा खड़ा रह गया। उसकी रुलाई फूट पड़ी। शुभो मुड़-मुड़कर अपने भाई को देख रहा था जो वहीं कुर्सी पर बैठकर रोने लगा था। बच्चों के पिता दफ्तर जाने के लिए अपने कमरे में तैयार हो रहे थे। पत्नी की चिल्लाहट, बच्चों का रोना उनके लिए रोज की घटना थी। वह बैग लेकर नीचे उतरे। देबू अब तक चुप हो गया था। उसका उतरा चेहरा देखकर उन्होंने उसके सिर पर हाथ रखा और बोले, "होमवर्क पूरा कर लिया है?"

देबू ने हाँ में सिर हिला दिया।

"अच्छा बेटे, माँ को तंग न करना। वह काम में व्यस्त है।"—कहकर उन्होंने बच्चे को प्यार किया और दफ्तर चले गये।

कमरे से जब शुभो बाहर निकला तो राजकुमार सा लग रहा था। बड़े भाई को देखकर प्यार से बोला, "दादा, मैं जा रहा हूँ।"

देबू ने देखा, माँ ने सुबह वाली नीली साड़ी उतारकर गुलाबी साड़ी पहन ली थी। पर अभी उसे माँ बिल्कुल अच्छी नहीं लगीं।

उसे तो वह माँ देखने की इच्छा थी जो सुबह उसके उठते ही उसे गले से लगा लेती। अपने हाथ से गिलास भरकर दूध पिलाती। पर अब उसकी जगह शुभो ने ले ली थी।

यह देखकर देबू को और भी दुःख हुआ कि जाते समय भी माँ ने उसे प्यार नहीं किया बल्कि आदेश देकर शुभो के साथ चली गयीं, ''मेरे आने से पहले स्कूल मत जाना।''

माँ तो चली गयीं। अब देबू का गुस्सा फूट पड़ा, ''ठीक है, माँ को तो मेरी परवाह ही नहीं है। सारा दिन छोटे का ही ध्यान रखती हैं, लगता है जैसे मैं घर में ही नहीं रहता। ठीक है जब मैं रहूँगा ही नहीं, तब पता चलेगा, बड़ा बेटा कैसा था।'' बड़बड़ाते हुए देबू ने माँ की साड़ी उठा ली। पता नहीं क्यों, आज उसे माँ पर बड़ा गुस्सा आ रहा था। उसे लग रहा था, वह मेरी असली नहीं, सौतेली माँ है। इसीलिए एक बार वह अपने पापा से एक दिन पूछ भी बैठा था, ''पापा, क्या यह मेरी असली मम्मी हैं?''

''क्यों, नकली मम्मी भी होती है क्या?'' पापा ने तिरछी निगाहों से देखते हुए पूछा।

वह गड़बड़ा गया। फिर हौले से बोला, ''नहीं, नकली माँ तो नहीं होती, पर सौतेली तो होती है...।'' इससे आगे वह कुछ कहता उससे पहले पापा उसके कान पकड़ चुके थे, ''नालायक...कहाँ से ऐसी गन्दी बातें सीखकर आता है। माँ जो करती है, तेरे अच्छे के लिए करती है। खबरदार जो फिर कभी ऐसी बात मुँह से निकाली।''

अब तक माँ की साड़ी को मोड़कर वह एक थैली में रखने लगा। अगर बाहर माँ की याद आएगी तो, वह न सही, उनकी साड़ी तो होगी। माँ से बिछड़ने की बात सोचते ही उसका मन भरने लगा था।

''देबू...!'' तभी एक आवाज गूँजी।

देबू ने मुड़कर देखा। दरवाजे पर उसके चाचा-चाची खड़े थे। वे पास ही में ठाकुरपुर इलाके में रहते थे। उनके कोई बच्चा नहीं था अतः देबू और शुभू को वे जान से ज्यादा प्यार करते थे। अभी इसीलिए वे उनसे मिलने आ गये थे।

"चाचा, अभी जाओ, मैं जरूरी काम कर रहा हूँ।" देबू गुस्से से बोला।

"अरे जरा देखूँ तो मेरा बेटा क्या करने जा रहा है।"—कहते हुए उसके चाचा-चाची घर के अन्दर आ गये।

"मैं, मैं..." कहते कहते देबू अटक गया। फिर हिम्मत करके बोला, "मैं घर छोड़कर जा रहा हूँ।"

"क्या? अरे क्या हुआ मेरे बच्चे को जो ऐसी गन्दी बातें कर रहा है?"—कहते हुए चाची ने उसे अपने से लिपटा लिया।

प्यार पाकर देबू फूट पड़ा। सारी बातें बताकर बोला, "मैं घर से जाना चाहता हूँ क्योंकि मम्मी मुझे प्यार नहीं करतीं।"

"तो यह बात है! आने दो भाभी को। ऐसी डाँट लगाऊँगा कि दुबारा मेरे बच्चे को कुछ कह ही नहीं पाएँगी।" चाचा ने नकली गुस्सा दिखाते हुए कहा।

"नहीं मेरी मम्मी को डाँटना नहीं...।" कहते-कहते देबू रुक गया। फिर बोला, "हाँ, डाँटना, खूब डाँटना।"

"क्यों जी, देबू को तो उसकी मम्मी प्यार करती नहीं, क्यों न हम देबू को अपने साथ ले जाएँ।" चाची हँसते हुए बोलीं।

"हाँ-हाँ, ले चलो, मैं चलूँगा।" कहते-कहते देबू अटक गया। फिर बोला, "शुभू को भी साथ ले चलेंगे। वह मुझे बहुत प्यार करता है। मम्मी

गन्दी हैं। उन्हें नहीं ले जाएँगे।''

अब तक देबू की मम्मी आ चुकी थीं। बाहर से सारी बात सुन रही थीं। तभी उन पर देबू की नजर पड़ी, वह जोर से बोला, ''मेरे कपड़े दो, मुझे जाना है।''

''कहाँ जा रहा मेरा बेटा?'' माँ ने प्यार से पूछा।

''चाचा-चाची के साथ।'' उत्तर मिला।

''ठीक है। पर मैं भी चलूँगी।'' माँ हँसकर बोलीं।

''क्यों?'' सवाल हुआ।

''क्योंकि मैं अपने बेटों के बिना नहीं रह सकती।''—कहते हुए माँ ने बेटे को चिपटाया। ममता की गरमी से देबू पिघलने लगा।

''मुझे छोड़ो, मुझे जाना है।''—फिर देबू का प्रतिरोध शुरू हुआ।

''हाँ, जल्दी करो बेटे, गन्दी मम्मी को यहीं छोड़कर मेरे साथ चलो।''—चाचा ने उकसाया।

''मेरी मम्मी गन्दी नहीं है।'' अचानक देबू चीख पड़ा। फिर सँभलकर बोला, ''चाचा, बड़ों को गन्दा नहीं कहते।''

''पर तुम भी तो अभी यही कह रहे थे!'' चाचा हँसे।

''वो तो, वो तो...!'' कहते हुए उसने माँ की गोद में सिर छिपा लिया।

माँ ने उसे जोर से चिपटा लिया। देबू का सारा गुस्सा बहने लगा। फिर थोड़ी देर बाद वह बोला, ''मेरे कपड़े दो, मुझे जाना है।''

''अब कहाँ जाएगा बेटा?'' माँ ने हँसते हुए पूछा।

''अरे बुद्धू, देर हो रही है। स्कूल नहीं जाना क्या..।'' कहते हुए वह बाथरूम की ओर दौड़ गया। मन तो उसका साफ हो गया था। अब शरीर भी तो साफ करना था। आखिर माँ के कारण ही तो उसे स्कूल में सबसे साफ-सुथरे लड़के का पुरस्कार पिछले पाँच साल से मिल रहा था।

नये दोस्त

जैसे ही हम अपने छुट्टी-घर पहुँचे, बूँदा-बाँदी शुरू हो गयी। मौसम ने जैसे खुशी का स्प्रे कर दिया। हम भूल गये पाँच जानलेवा दिनों की हायतौबा, धूल, धूप, बसों के धक्के। हमने पीछे धकेल दी अपने अफसरों की फटकार, फाइलें, बिजली के बिल और फोन के खटराग। हमारे सामने मौसम का मेघ-मल्हार था। कच्ची मिट्टी की सोंधी सुगन्ध, छत पर छाई चमेली की भीनी महक से जुगलबन्दी कर रही थी। बेमौसम बरसात का भी मौसम पर कोई हक़ होता है। पिछवाड़े का सागौन, पीपल से भी ज्यादा हरा रहा था। आगे फाटक पर गुलमोहर की नयी डालियों में पत्ते आने शुरू हो गये थे। चैत में सावन का समाँ बँध गया।

यह बारिश गेहूँ के लिए बहुत नुक़सानदायक है, रामसिंह दूध के साथ-साथ यह जानकारी दे गया।

हम शहराती उसकी चिन्ता क्या समझते। हमें तो बस इतना अन्दाजा था कि हो सकता है गेहूँ का दाम एक या दो रुपये बढ़ जाय।

अँधेरा घिरने तक हम बरामदे में बैठे रहे चाय पीते। बेटू दौड़-दौड़ कर सभी कमरों

से खिलौने इकट्ठे करता रहा। कभी वह किसी कार का पहिया ले आता और बाक़ी कार की तलाश शुरू कर देता। कभी वह स्पाइडरमैन का एक ब्लॉक ढूँढ़ कर बाकी ब्लॉक के लिए दौड़-भाग शुरू कर देता।

"आँक छी," बेटू छींका तो मैं वापस वर्तमान में लौटी।

"लो इसे ठंड लग गयी, अब मैं क्या करूँ! मुझे तो यह भी याद नहीं किस ट्रंक में बेटू का स्वेटर है और किसमें कम्बल।"

"पगलाओ मत, एक छींक का मतलब जुकाम नहीं होता, फिर यह तो मार्च की बारिश है। सोते समय मैं इसे एकोनाइट की खुराक दे दूँगा," सकल ने कहा।

मेरी चिन्ता कम नहीं हुई।

पिछले पाँच सालों में बेटू पन्द्रह बार तो बीमार पड़ा था जबकि इन्हीं पाँच सालों में सकल ने होम्योपैथी और ज्योतिष में महारत हासिल की। बेटू को अँग्रेजी दवाएँ देते हम दोनों डरते। दवाएँ खरीदी जातीं पर उनका पर्चा पढ़ हम उन्हीं जैसी होम्योपैथी दवाएँ ढूँढ़ निकालते। लेकिन होम्योपैथी की मीठी गोलियों पर मेरा बहुत विश्वास नहीं जमा था। होता यह कि इलाज सकल करता और फिक्र मैं।

"नाहक आज आ गये," मुझे वह घर याद आने लगा जो खिड़कियाँ बन्द करने पर डिब्बे की तरह सुरक्षित हो जाया करता था। वहाँ दिन में भी अँधेरा रहता। हमारे अलावा उस घर का प्राणतत्त्व था—बिजली। बिजली के रहते वहाँ गीत-संगीत, हवा पानी, सब था। नहीं था तो बस यह खुला आकाश, हरी धरती, लहलहाते पेड़, पंछी और गन्ध-सुगन्ध का संसार।

पाँच साल की उम्र तक बेटू न एक भी पेड़ का नाम जानता, न फूल का। उसके लिए चिड़िया की आवाज केवल म्यूजिक सिस्टम से निकलती 'छुन-छुन करती आयीं चिड़ियाँ' थी, रेलगाड़ी उसने सिर्फ अपनी किताबों में या टी.वी. पर देखी थी। हम दोनों उसके सामान्य ज्ञान पर चिन्तित थे। इसी चिन्ता का नतीजा था यह छुट्टी-घर। हालाँकि हमारे जीवन में छुट्टी का मतलब सिर्फ इतवार था, हम शाम पाँच बजे से सुबह आठ बजे का समय भी इस छुट्टी में शामिल कर लेते। कभी शनिवार के साथ इतवार मिलकर दो साबुत छुट्टियाँ दे जाता और हम केबल टी.वी. से पथराया दिमाग ठीक करने चले आते अपने छुट्टी-घर में।

इस घर के पिछवाड़े सागौन का पेड़ हर समय लहराता। सामने चमेली जमीन से उठकर पहली मंजिल तक चढ़ आयी थी और अपने नन्हे-नन्हे फूलों की महक फिजा में बिखेर रही थी। ठीक उसी के बगल के मकान का बुरूस का पेड़ जिसके लाल कुंडल रात में चमेली पर बरस जाते। सुबह यह कहना मुश्किल होता कि चमेली लाल है या सफेद। गेट के पास गुलमोहर लगा था जिसमें चैत चढ़ते ही नये पत्ते आने लगते और बैसाख चढ़ते ही सिन्दूरी फूल। तब पेड़ एक हरे, नारंगी शामियाने की तरह घर के पोर्च पर छाया रहता। दो साल पहले लगाये हारसिंगार, रातरानी और कामिनी के पौधे भी गदरा चले थे। हम हर फूल के पास बेटू को खड़ा करते और फूल से उसकी पहचान करवाते।

बेटू कमरे में अपनी नयी तिपहिया साइकिल चलाता, घंटी बजाता और कहता, "घंटी बज गयी छुट्टी हो गयी।"

उसने स्कूल जाना नया-नया शुरू किया था और उसका यक़ीन था कि घंटी बजने के बाद ही छुट्टी होती है।"

थोड़ी देर की दौड़-भाग के बाद बेटू ने आकर मेरे पल्लू में नाक रगड़ी, "भूख लगी है।"

विज्ञापन वाली माँ की तरह मैं मुस्कराकर नहीं कह सकी, "बस दो मिनट।" मैदे की मोटी भद्दी सेंवई बेटू को खिलाना मुझे पसन्द नहीं था। मुझे अपने पर गुस्सा आया। घर से चलते समय दो पैकेट बिस्किट पर्स में डाल लिए होते तो क्या बिगड़ जाता, पर घर का ऐसा कुशल संचालन मुझे कब आता था।

"बताओ, अब क्या करूँ? बाजार भी इतनी दूर है!"

"ऐसा करो चार अंडे उबाल लो, बेटू भी खा लेगा और हम भी।"

मैंने फ्रिज से निकालकर अंडे उबालने के लिए रख दिये। जब गैस पर पतीले में पानी खदकने लगा, मैंने गैस धीमी की और बेटू को लेकर छत पर आ गयी।

बेटू को आकाश में लौटते पंछियों की डार दिखाकर मैं किस्से बनाती रही—वह देखो वह सफेद चिड़िया अपने बेटू के पास जा रही है। उसके घोंसले में कॉलबेल तो है नहीं, सो दूर से ही इसने शोर मचा रखा है।

थोड़ी देर बाद रसोई में गयी। दस मिनट की धीमी आँच पतीले को लग चुकी थी। मैंने ढक्कन उघाड़ा ही था कि चूँ-चूँ की आवाज से मैं बुरी तरह चौंक गयी।

अंडे दरार पड़ी जगह से टूट गये थे और उनमें से पीली, बादामी गर्दन उठाए नन्हें-नन्हे चूजे चूँ-चूँ कर रहे थे।

फ्रिज में रखे-रखे अंडे अपना समय पूरा कर चुके थे। जरा सी गर्मी ने इनक्यूबेटर का काम किया और चूजे अंडों का खोल फाड़कर निकल आये।

घबराहट में मैंने गैस बन्द कर दी और कपड़े से पतीला उठाकर पिछवाड़े की कच्ची जमीन पर रख दिया।

कुछ देर दिल झनझनाता रहा। कानों में आवाज आती रही, 'चूँ-चूँ'। जल्दी से प्याज बेसन का आटा गूँध मैंने बेटू के लिए निक्की-निक्की दो रोटियाँ बनायीं और टोमेटो केचप के साथ उसे खिलायीं।

पेट भरते ही बेटू सो गया।

सकल ने कहा, "और अंडे?"

मैंने सारी बात उन्हें बतायी।

"चलो चलकर देखें चूजे क्या कर रहे हैं," सकल ने कहा।

"अब छोड़ो भी, अँधेरा हो गया है, पीछे बल्ब भी नहीं लगा है।" मैंने कहा।

रात में पहले अन्धड़ चला, फिर पानी बरसा। बिजली तीन बार गयी, दो बार आयी। आमने-सामने की खिड़कियों में हवा खो-

खो खेल रही थी इसलिए घुटन बिल्कुल नहीं हुई।

सुबह सबसे पहले मैं उठी। आँखों पर ठंडे पानी के छींटे डालते ही दिमाग चैतन्य हुआ। ''रात के आँधी-पानी में उन चूजों का क्या हुआ?'' मन ने मुझसे पूछा।

मैं ग्रिल खोलकर पिछवाड़े आयी। वहाँ काफी पानी भर गया था। एक बार तो पतीला नजर ही नहीं आया। आँखें मलकर गौर किया। शहतूत के पेड़ के पास पतीला पड़ा था, मिट्टी में।

''ओफ! ऐसी तूफानी रात होगी, मुझे क्या पता था। पता नहीं चूजे बचे भी या नहीं,'' मैंने अपने आप से कहा।

डरते-डरते मैं बर्तन के पास गयी।

चूँ-चूँ-चूँ-चूँ आवाज सुनकर मैं सिहर गयी।

न जाने कब रात में सागौन का एक पत्ता टूटकर पतीले के ऊपर जा गिरा था। उस मोटे, चौड़े पत्ते ने छतरी बनकर रात भर उन नन्ही जानों की रक्षा की। चारों चूजों की चूँ-चूँ से पतीला गुलजार हो रहा था, बल्कि अच्छा-खासा नर्सरी बना हुआ था।

मैंने उसी सागौन के पत्ते पर चारों चूजों को जतन से रखा और बेटू को आवाज लगायी, ''बेटू उठो, देखो तुम्हारे नये दोस्त आये हैं।''

निक्की

आज रक्षाबन्धन था। निक्की की नींद बहुत सवेरे खुल गयी। उसने छत पर निकल कर देखा। अभी सूरज नहीं उगा था पर दिन निकल आया था। स्कूल की छुट्टी के दिन निक्की की नींद जल्दी खुल जाती है। जबकि स्कूल वाले दिन उसे सुबह–सुबह खूब गहरी नींद आती है। स्कूल बस की पौं–पौं जैसे सपने में सुनाई देती है कि तभी माँ की डाँट पड़ती है, ''निक्की जल्दी उठ, तेरी वजह से सारे बच्चे लेट हो रहे हैं।''

निक्की घर की इकलौती बच्ची थी। लेकिन मामा–चाचा के घर–परिवारों में उसके बहुत से ममेरे–चचरे भाई थे। उसके सबसे छोटे मामा अपनी बहन यानी निक्की की माँ से राखी बँधवाने जरूर आते थे। जसबिन्दर मामा दिल्ली में बड़ी नौकरी पर थे। हजारों

रुपये तनख़्वाह थी। एक बार निक्की ने सुना था मामा चालीस हजार रुपये महीने कमाते हैं। क्या करते होंगे मामा इतने सारे रुपयों का, निक्की सोचती। इनमें तो हजारों गुड़ियाएँ और उनका कुल साज-सामान आ जाय।

जसबिन्दर अपनी बहन के लिए कीमती उपहार लाता। कपड़ों के अलावा कभी वह नयी घड़ी ले आता, कभी मोबाइल फोन तो कभी सोने का कंगन। अपनी भांजी निक्की के लिए भी उपहार लाना वह कभी न भूलता। यह गुड़िया जो आजकल निक्की के साथ सोती है, मामा ने ही लाकर दी थी। मामा ने वह रसोई सेट भी दिलाया था, जिसमें पचास छोटे बर्तन हैं। इसके अलावा मामा बिस्किट, बर्फी, बादाम के पैकेट भी लाता। दो दिनों में जसबिन्दर मामा अपनी हँसी और बातों से घर को ऐसा भर देता कि उसकी गूँज कई दिनों तक सुनाई पड़ती।

निक्की ने थोड़ी देर बाद फिर छत पर आकर देखा। दूर सड़क पर कोई आता दिखाई दिया। निक्की ने ध्यान से देखा। हाँ उसका मामा ही था। वही लम्बा कद, सारस जैसी चाल, आँखों पर चश्मा और सफेद फोम के जूते। जसबिन्दर अपने दोनों हाथ झुलाता हुआ आगे बढ़ रहा था।

निक्की दौड़ी-दौड़ी अन्दर गयी। उसकी माँ बालो, खीर बनाने के लिए दूध गर्म कर रही थी। निक्की की साँस फूल रही थी। उसने माँ का दुपट्टा पकड़कर खींचा। माँ ने उसे झटक दिया, "तंग मत कर निक्की, दूध फैल जाएगा।"

"माँ, मामा आ रहा है, सच्ची मैंने छत पर से देखा।" निक्की ने बताया।

"अरे बिन्दरा आ गया क्या? आज तो गाड़ी बड़े टाइम से आ गयी। कहाँ है, चल, मैं देखूँ।" बालो ने उत्साह से कहा।

"मामा पैदल आ रहा है, अभी मोड़ पर पहुँचा है। माँ इस बार मामा के हाथ में कुछ नहीं है, न बक्सा न बैग। दोनों हाथ झुलाते हुए आ रहा है।" निक्की ने कहा।

बालो को खटका लगा। सब खैरियत तो है न!

हर बार जसबिन्दर ऑटो से घर आता था। उसके साथ बड़ा-सा सूटकेस और जम्बो बैग उतरता। सूटकेस और बैग में ठसाठस सामान भरा होता।

निक्की मामा को देखकर हिरनी की तरह कुलाँचे भरने लगती। मामा का बैग उठाने में वह लुढ़क-पुढ़क हो जाती। तब मामा एक हाथ से अपना सामान कमरे के अन्दर कर देता।

बिन्दर बैठते ही चाय माँगता और चाय का ग्लास खाली करते-न-करते अपना सारा सामान खोल डालता। उसके अपने तो मुश्किल से तीन जोड़ी कपड़े सूटकेस में रखे होते। बाकी उसमें निक्की और बालो के लिए बेशुमार चीजें भरी होतीं—बिस्किट केक, कैंडी, चॉकलेट के अलावा सबके लिए कपड़े और गृहस्थी की बेशुमार चीजें— जिनके इश्तेहार वे आये दिन टी.वी. पर देखते थे।

"भानमती का इतना पिटारा भर कर क्यों लाता है बिन्दर?" हर बार बालो उसे टोकती।

बिन्दर हँस देता, "छह महीने में अपने आप इकट्ठी हो जाती हैं चीजें। ये सब एक खरीदो एक मुफ्त पाओ वाली हैं।"

जसबिन्दर की यह खास अदा थी। वह ऐसा दिखाता जैसे दिल्ली में हर चीज मुफ्त मिलती है। बहन को खुश करने के लिए वह चार सौ की चीज सौ की बताता और सौ की चीज चालीस की।

उसकी बातों से बालो चक्कर खा जाती। टी.वी. की खबरों से उसे पता चलता कि दिल्ली महँगा शहर है, जबकि बिन्दर बताता कि वहाँ हर चीज सस्ती मिलती है, बस खरीदना आना चाहिए। बालो खुश हो जाती यह सुनकर। उसे लगता चलो अच्छा है, मेरे भाई का ज्यादा खर्च भी नहीं हुआ और मेरा घर भर गया।

मामा के आने पर निक्की सारे दिन नाचती डोलती। वह पड़ोस के अपने सब दोस्तों को बुला लाती। उन्हें एक-एक गुड़िया दिखाती और कहती, "जब इसके कपड़े मैले जो जाएँगे तो पता है मैं क्या करूँगी? मेरे मामा गुड़ियों की ड्रेस भी लाये हैं— गुलाबी, नीली, लाल और ये देखो जूते, तीन जोड़ी हैं। इनमें

कितनी ऊँची एड़ी लगी है! मैं गुड़िया को फिर से तैयार कर दूँगी, एकदम नयी लगेगी यह। निक्की के रसोई सैट का एक-एक बर्तन देखा-परखा जाता। डब्बों में रसोईघर से चीनी, गुड़ और नमक भरा जाता। दोस्तों को बिस्किट, चॉकलेट खिलाये जाते। पता ही नहीं चलता कब दिन छिप गया और रात हो गयी!

एक-एक कर बच्चों के घर से फोन आने शुरू होते। तब बड़ी मुश्किल से निक्की और उसके दोस्त अलग होते। लेकिन इस बार मामा पैदल आ रहा था और उसके हाथ में थैला भी नहीं था।

बालो किसी अनहोनी की आशंका से काँप गयी। उसका जी हुआ वह दौड़कर बिन्दर तक जाये और उसके सिर पर हाथ फेरकर पूछे, "तू ठीक तो है न बिन्दर?"

रात भर बारिश के बाद सड़क गीली थी। बालो का यह सातवाँ महीना चल रहा था। डॉक्टर ने उसे बचकर रहने की सलाह दी थी। उसे चलते-चलते चक्कर आते थे। उसके लिए सड़क पर जाना मुश्किल था। वह बेसब्री से दरवाजे पर खड़ी भाई का इन्तजार करती रही।

तब तक जोगेन्दर भी नीचे आ गया।

सड़क पर पानी से भरे गड्ढों को फलाँगता जसबिन्दर घर के दरवाजे पर पहुँचा। उसने बहन और जीजा के पैर छुए और कहा, "भैनजी निक्की कित्थे है?"

निक्की माँ के पीछे छिपी हुई थी। बिन्दर ने ढूँढ़ निकाली। उसे गोद में उठाते हुए बोला, "वे निक्की तू इन्नी लम्बी हो गयी है!"

बालो चाय बनाने में व्यस्त हो गयी। जोगेन्दर ने तफसील से जसबिन्दर की खैरियत पूछी। दिल्ली में कोई दिक्कत तो नहीं हो रही।

जसबिन्दर ने कमीज की जेब से बड़ा-सा चॉकलेट बार निकालकर निक्की को दिया, ''ले जा बेटे, थोड़ा थोड़ा खाईं।''

जोगेन्दर को अकेला और अपनी तरफ मुखातिब पाकर उसने बताया, ''जीजा, मेरा दफ्तर भयानक मन्दी की चपेट में आया हुआ है। कम्पनी का व्यापार घट कर आधा रह गया है। रोज लोग अपना खाता बन्द करे जा रहे हैं।''

''ऐसा तो पूरी दुनिया में हो रहा है।'' जोगेन्दर को यह कहते हुए अपनी बिजनेस का भी ख्याल आया, कैसे उसका टर्न-ओवर रसातल में लटक गया है। जब नेट पर उसके ग्राहक धड़ाधड़ गायब हो रहे थे, उसे यह ख्याल आया था कि जसबिन्दर की आई.टी. कम्पनी पर भी मन्दी की मार पड़ सकती है।

घर की गरमाहट में जसबिन्दर खुलने लगा, ''हमें इस मन्दी की मार ऐसे पड़ी कि हमारे ऑफिस की पैन्ट्री में जहाँ पहले चाय कॉफी और कोला के साथ बेशुमार बिस्किट और वेफर्स मिलते थे, वहाँ अब केवल काली चाय मिल रही है। सबसे पहली बिजली पैन्ट्री पर टूटी, दूसरी हमारे साथियों पर। मेरे कितने ही दोस्तों को कम्पनी ने चलता कर दिया।''

''तुम्हारी बारी तो नहीं आयी?''

''अभी तो नहीं पर कुछ कह नहीं सकते। कम्पनी रोज सिकुड़ रही है। बॉस कहता है, विदेश के गाहक भाग रहे हैं, काम ही नहीं है, वह क्या करे।''

अन्दर के कमरे में अपनी पुरानी गुड़िया से खेलते हुए निक्की को गुस्सा आ रहा था। बिन्दर मामा चॉकलेट की जगह जेब में रख कर गुड़िया भी तो ला सकते थे, क्यों नहीं लाये! मैं सब जानती हूँ। आलसी हैं, खिलौनों की दुकान तक गये ही नहीं होंगे।

तभी बालो कमरे में चाय लेकर आयी, "अब तू चाय पीकर जल्दी से नहा ले तो मैं राखी बाँधूँ, तभी तो मुँह जूठा करूँगी। सवेरे से मैंने चाय भी नहीं पी।"

"तुम खा पी लो, इन ढकोसलों में कुछ नहीं रखा है।"

"त्योहार को तू ढकोसला समझता है?"

"नहीं भूखा-प्यासा रहने को ढकोसला मानता हूँ। त्योहार न हों तो भाई-बहन के मिलने का मौका ही न आये।"

जोगेन्दर ने पुकारा, "निक्की!"

निक्की अब तक अपना गुस्सा भूल चुकी थी, 'आयी पापा' कह कर वह झट बैठक में आ गयी।

जसबिन्दर ने उसे गुदगुदा दिया। वह आकर मामा के सोफे पर चढ़ गयी, "मामा ऊपर चलो, टॉम ऐंड जैरी देखेंगे।"

बिन्दर बोला, "तू तो खुद जैरी है। बस एक ही चैनेल के पीछे पड़ी रहती है। पढ़ाई-लिखाई करती है या नहीं?" निक्की कूदकर अपना बस्ता ले आयी। वह निकालकर अपनी किताब कॉपी दिखाने लगी। जगह-जगह उसे गुड, वेरी गुड या 10/10 मिला हुआ था। उसने अपना पेंसिल बॉक्स दिखाया जिसका ढक्कन 3-डी स्क्रीन का था।

राखी बाँधने का अनुष्ठान सम्पन्न होते ही सब खाना खाने बैठे। जसबिन्दर ने जेब से 500 का नोट निकालकर बालो को दिया।

बालो ने कहा, "तू मुझसे छोटा है। छोटे भाइयों से पैसे नहीं लिए जाते।"

जसबिन्दर ने कहा, "ले ले भैण, पता नहीं अगली राखी पर मेरी जेब में इतने भी न हों।"

"शुभ शुभ बोल। बादशाहों को नौकरियों की क्या परवाह! मैं तो कहती हूँ जो कोई दिक्कत है तो पहले ही छोड़ दे अपने आप।"

"छोड़ने और छूटने में ज्यादा फर्क नहीं है भैण। वैसे मुझे दो-तीन जगह से ऑफर भी मिला है।"

शाम तक मामा के साथ छुपा-छुपाई और साँप-सीढ़ी खेल कर निक्की का

मन मामा में रम गया। इसलिए जब जसबिन्दर ने कहा, ''जीजा, मुझे रात की गाड़ी से वापस जाना है।'' तब सब चौंक गये। बालो ने कहा, ''तभी मैं कहूँ तू बिना सामान कैसे आ गया!''

''इस बार छुट्टी सब कैंसल हो गयी। बॉस ने कहा, 'छुट्टी माँगने वालों की पूरी छुट्टी कर देंगे।' ''

''तो नहीं आना था, मैं डाक से राखी भेज देती।''

''फिर तुम सब की प्यारी सूरत तो न मिलती देखने को!''

खाना बनाने का भी समय नहीं बचा।

जोगेन्दर ने कहा, ''चलो सिविल लाइन्स से बिन्दर का खाना पैक करवा कर दे देंगे। साथ ही सब लोग कुल्फी भी खा लेंगे।''

सबको प्रोग्राम पसन्द आया।

सब तैयार होने लगे।

जसबिन्दर ने हाथ-मुँह धोया और जेब में से छोटा-सा कंघा निकालकर बाल ठीक करने लगा। कंघे के कुछ दाँते टूटे हुए थे। निक्की ध्यान से, मामा को तैयार होते देख रही थी।

''आपका कंघा टूट गया मामा?''

''हाँ निक्की।''

''मैं अपना कंघा लाऊँ?''

''नहीं ठीक है, हो गये बाल।''

पूरे दिन की बातों से निक्की को कुछ-कुछ समझ आ रहा था। वह दौड़ी हुई ऊपर गयी और अपनी गुल्लक उठा लायी।

बालो ने उसे झिड़का, ''अब घूमने जाना है या गुल्लक फैलाकर बैठना है।''

निक्की ने मामा को गुल्लक पकड़ाई, ''मामा ये लो, ढेर सारे पैसे हैं मेरी गुल्लक में। तुम अपने लिए अच्छा-सा कंघा खरीद लो और भी जो-जो चीज तुम्हारे पास नहीं है न मामा, सब ले लेना।''

जसबिन्दर की आँखें भर आयीं। उसने निक्की को कलेजे से लगा लिया।

बोबो

दिशा के माता-पिता शहर के मशहूर डॉक्टर थे। दोनों मिलकर एक अस्पताल और एक क्लिनिक चलाते। उसकी माँ डॉक्टर अभिलाषा ने सन्तानहीन दम्पतियों के इलाज में शोहरत हासिल की थी तो पिता ने कान-नाक-गले की बीमारियों के इलाज में। शहर के ही नहीं, आस-पास के गाँवों कस्बों के मरीज भी उनके अस्पताल में आते। डॉक्टर अभिलाषा ने न जाने कितने निस्सन्तान दम्पतियों की गोद हँसते-खेलते शिशुओं से भरी थी।

दिशा उनकी इकलौती सन्तान थी। इस साल उसे दसवीं की परीक्षा देनी थी। दिन भर दिशा स्कूल से जुड़ी गतिविधियों में दिल लगा लेती लेकिन शाम उसे भारी पड़ जाती। मम्मी-पापा दोनों क्लिनिक या अस्पताल में व्यस्त होते। टी. वी. और विडियो गेम्स से भी अब उसे ऊब होती। वह कई बार बिना बात अपने दोस्तों को लम्बे-लम्बे फोन करती, इंटरनेट पर तरह-तरह की साइट ढूँढ़ निकालती पर मम्मी

पापा के आने पर होठ निकालकर बिसूरती, ''ममी, आप इतनी देर में घर आती हैं, आपको मेरी बिल्कुल याद नहीं आती।''

डॉक्टर अभिलाषा उसे गले लगाकर दुलार करतीं, ''बेटे, मुझे हर समय तुम्हारा ध्यान रहता है। अपना फोन देखो, मैंने कितने एसएमएस किये। तुम्हारा फोन हमेशा व्यस्त मिलता है।''

पापा कहते, ''यह तुम्हारा फाइनल ईयर है। पढ़ने में ध्यान लगाओ।'' ''हर समय कोई कैसे पढ़ सकता है पापा? क्या करूँ, कैसे टाइम पास करूँ?'' दिशा कहती। एक दिन दिशा ने कहा, ''ममी, एक बढ़िया आइडिया आया है। आप रोज इतने बच्चे पैदा करती हैं, आप मेरे लिए भी एक छोटा-सा, प्यारा-सा बेबी ला दीजिए। मैं उसके साथ खूब खेलूँगी।''

मम्मी-पापा एक दूसरे की तरफ देखकर मुस्कराये। मम्मी ने कहा, ''तुम्हें पता है न दिशू, हमारे पास तुम्हारे लिए ही समय नहीं है, एक और बच्चे के लिए कहाँ से वक्त आएगा?''

''नहीं ममी, उसकी देखभाल मैं करूँगी। उसका शूशू, पॉटी, मैं सब सँभाल लूँगी, आप प्लीज अस्पताल से एक बेबी ला दीजिए।''

दिशा के मम्मी-पापा उसकी अजीबोगरीब माँग सुनकर हैरान और बेचैन हुए। उनके पास इतना वक्त नहीं था कि वे और बहस करते।

उसी हफ्ते की बात है। कॉलोनी के चौकीदार की कुतिया ने एक साथ तीन पिल्लों को जन्म दिया। उसे किसी रोग ने पकड़ लिया और वह चौथे रोज यकायक मर गयी। चौकीदार ने हाथ खड़े कर दिये, ''बच्चा लोग, जिसको भी चाहिए ये पिल्ले ले जाओ। मैं कहाँ तक इनकी देखभाल करूँगा?'' दिशा की जैसे मन की मुराद पूरी हुई। वह सबसे पहले चितकबरा पिल्ला गोद में उठाकर घर ले आयी। घर के सेवक गणेश और शकुन ने नाक-भौं सिकोड़ी, ''बेबी, यह आवारा पिल्ला कहाँ से लाई हो? यह सारा घर गन्दा करेगा, देखना डॉक्टर साब कितने नाराज होंगे।''

"इसको मैं अपने कमरे में रखूँगी। तुम मम्मी-पापा को मत बताना।"

शकुन ने कहा, "साफ बात है, इस गन्दे मरगिल्ले की गू-मूत हम साफ नहीं करेंगे।"

दिशा ने कहा, "मैं करूँगी, प्रॉमिस।"

दिशा ने फोन कर सब दोस्तों को इस नये मेहमान की खबर दी। मधूलिका ने डाँटा, "यह क्या खब्त सवार हुआ है, दिशा। पढ़ाई-लिखाई में कहाँ टाइम मिलेगा तुझे कुत्ते को पालने का?"

"यह कुत्ता नहीं है मधु, अभी तो यह एकदम नन्हा-सा, बच्चे जैसा है। तू देखेगी तो कहेगी मुझे दे दे। इसका पूरा मुँह सफेद है। नन्ही-सी नाक पर एक काला धब्बा है। अभी तो बहुत छोटा है। इसकी माँ मर गयी, बेचारा दूध कैसे पिएगा!"

"फीडिंग बॉटल से पिला, यही काम रह गया है तुझे!" मधूलिका ने चिढ़कर कहा।

"ओ यैस, बढ़िया आइडिया, बाय" दिशा ने फोन रखकर तुरन्त घर में दूध की बोतल ढूँढ़नी शुरू की।

शकुन ने कहा, "कुत्तों-बिल्लियों को बोतल से कोई नहीं पिलाता दूध। रूई को दूध में भिगोकर पिलाओ।"

दिशा ने कहा, "इसे बार-बार कुत्ता मत बोलो। यह मेरा दोस्त है, इसका नाम मैंने रखा है—बोबो।"

बोबो का नन्हा-सा मुँह खोलकर रूई से दूध टपकाया गया। उसने सिर को दायें-बायें ऐसे झटका कि दूध की बूँदें उसकी नाक और कानों में चली गयीं। वह कूँ-कूँ करने लगा।

''इसे चम्मच से दूध पिलायें?'' दिशा ने शकुन से पूछा।

''बेबी, तुम घर के बर्तन गन्दे नहीं करना, नहीं तो ममी-पापा हम पर बिगड़ेंगे। देखा नहीं है मेमसाब कितनी सफाई माँगती हैं घर में।''

दिशा ने एक ठिगनी कुर्सी को उलटाकर बोबो का पालना तैयार किया। उसमें गद्दी बिछायी और बोबो को लिटा दिया।

रात में खाने पर डॉ. अभिलाषा ने गौर किया कि आज दिशा काफी खुश है। उसने खाने में कोई मीनमेख नहीं निकाली अन्यथा सप्ताह में कई दिन इस क्लेश में बीतते कि दिशा को पूरी और आलू के सिवा कोई भी खाना खाने लायक न लगता।

आज दिशा उनके साथ पालक-पनीर खा रही थी और चुकन्दर का सलाद। डॉक्टर साहब बोले, ''हमारी दिशू बेबी ऐसे खाना खाया करे तो महीने भर में इसकी सेहत ठीक हो जाय।''

''फिर रोज आइसक्रीम माँगने की जरूरत भी न पड़े,'' अभिलाषा ने शरारत से कहा।

दिशा ने आँख बन्द कर किसी तरह सब्जी और सलाद निगला और अपने कमरे में चल दी।

उसने शकुन से कहा, ''शकुन, थोड़ी देर बाद मुझे एक प्याला दूध दे देना।''

मम्मी-पापा यह सुनकर निहाल हो गये। जाने कितनी बार उन्होंने कोशिश की कि दिशा रात में पढ़ते वक्त एक प्याला दूध पी ले पर कोई तरकीब काम न आयी। रात के बचे हुए दूध से डॉ. अभिलाषा सुबह कभी दलिया तो कभी खीर बनवा देतीं। वह भी दिशा कभी खाती, कभी यों ही स्कूल चल देती।

शकुन ने कहा, ''बेबी, दूध में चॉकलेट डाल दूँ?''

दिशा ने हड़बड़ाकर कहा, "नहीं, चॉकलेट वॉकलेट बिल्कुल नहीं, समझीं?"

कमरे का दरवाजा हल्का-सा उढ़काकर दिशा ने बोबो का मुआयना किया। वह गुमसुम सो रहा था।

दिशा पढ़ने बैठ गयी। पास ही मोबाइल देख उसकी उँगलियाँ कसमसाने लगीं। उसने मानस को फोन लगाया, "मैंने एक नया दोस्त ढूँढ़ा है, मन्नू।"

"मुबारक हो, कौन खुशकिस्मत है?"

"बोबो। सच बहुत स्वीट है। इसकी मम्मी मर गयी है। अभी दो दिन पहले तो पैदा हुआ है।"

मानस इतने विवरण से काफी कुछ समझ गया। उसने हँसते हुए पूछा, "दो पैर वाला है या चार पैर वाला?"

"अरे तुम समझ गये! छोटा सा पपी है बोबो। पता है अभी मम्मी-पापा को नहीं बताया है। पापा को जानवरों से चिढ़ है। अपने कमरे में उसका पालना बनाया है।"

मानस ने कहा, "क्या तुम्हारा बोबो गूँगा है?"

"नहीं तो!"

"फिर तुम्हारी चोरी आज ही पकड़ी जाएगी। तुम क्या सोचती हो जब यह रात में बोलेगा, तुम्हारे मम्मी-पापा को पता नहीं चलेगा?"

"नहीं यार, वे इतनी गहरी नींद सोते हैं कि अपन की बातचीत भी नहीं सुनते।"

"यह याद रखो, तुम्हारे पापा ई.एन.टी. स्पेशलिस्ट हैं, उन्हें तो एक्स्ट्रा सुनाई देता होगा।"

"विश मी लक मन्नू।"

रात को करीब साढ़े बारह बजे जब दिशा किताब बन्द कर सोने जा रही थी,

यकायक बोबो जग गया। उसने कूँकूँ, क्याऊँ-क्याऊँ रोना शुरू कर दिया। दिशा ने कप में रूई डुबोकर उसके मुँह में दूध टपकाना चाहा पर बोबो का रोना बन्द नहीं हुआ। दिशा ने अपने कमरे का दरवाजा कसकर बन्द किया लेकिन तभी उसके पापा आँखें मलते हुए अन्दर आये, ''बेबी, ये कूँ कूँ की आवाज कहाँ से आ रही है?''

''पता नहीं पापा।''

तब तक डॉ. अभिलाषा भी उठकर आ गयीं। उन्होंने कहा, ''बड़ी देर से पिल्ले के रोने की आवाज आ रही थी, कोई फाटक पर कुत्ता तो नहीं छोड़ गया।''

अब तक बोबो की क्याऊँ-क्याऊँ बुलन्द हो गयी थी।

डॉक्टर अभिलाषा को कमरे में एक जीवगन्ध महसूस हुई। वे आगे बढ़ीं, "यह कुर्सी उलटी क्यों रखी है?" कहते हुए वे कुर्सी सीधी करने को हुईं कि उनकी नजर बोबो पर पड़ गयी।

"तो यह किस्सा है, यहाँ मोहल्ले भर के कुत्ते-बिल्ली पाले जा रहे हैं। दिशू बेबी, तुमने यह नहीं सोचा मम्मी-पापा कितने थक कर आते हैं। उनको रात में आराम मिलना चाहिए न! यह घिनौना कुत्ता कहाँ से लायीं तुम!"

दिशा की सिट्टी-पिट्टी गुम। क्या बताये?

पापा बोले, "हमसे बिना पूछे तुम यह मुसीबत क्यों उठाकर लायीं! हम घर में नहीं होते तो तुम जो मर्जी करती रहोगी?" अभिलाषा ने कहा, "गणेश और शकुन ने भी नहीं बताया कि बेबी ने कुत्ता पाला है। आने दो उन्हें सुबह! तुम्हें पैट पालने का शौक है तो हमसे कहतीं। हम पैट शॉप से बढ़िया नस्ल का कुत्ता मँगवाते। यह सड़क-छाप कुत्ता किस काम का?"

"मम्मी यह कुत्ता नहीं, अभी बच्चा है। जैसा इसे रखेंगे, वैसा ही यह बनेगा।" दिशा ने कभी अपनी माँ से सुने शब्द दोहराये।

डॉक्टर साहब का मूड उखड़ रहा था। उन्होंने कहा, "बेबी, साफ बात सुन लो, मुझे कुत्तों से चिढ़ है, घर में या तो यह रहेगा या मैं?"

डॉक्टर अभिलाषा ने कहा, "इसे कुर्सी समेत बाहर रख दूँ?"

"नहीं मम्मी प्लीज, यह मर जाएगा, इसका कोई नहीं है।"

"तुम क्या इसकी गार्जियन बन गयी हो? यह आया कहाँ से? क्या स्कूल से लायी हो?"

दिशा ने सिर हिलाया।

"किसी दोस्त ने अपनी तबालत तुम्हारे गले मढ़ दी क्या?"

"नहीं, मेरे दोस्त ऐसे नहीं हैं।"

"जहाँ से भी यह आया, सुबह वहीं वापस छोड़ आओ, समझी, आय एम वैरी एंग्री विद यू।" डॉक्टर साहब कहकर अपने कमरे में जाने लगे।

वाकई बोबो ने रात भर अपनी क्याऊँ-क्याऊँ जारी रखी। दिशा भी नहीं सो पायी।

बिस्तर में करवटें बदलते हुए उसे लगा उसके माता-पिता बहुत बेरहम हैं। पता नहीं ये अपने मरीजों के साथ कैसा बर्ताव करते होंगे। इनके लिए सारी दुनिया दो हिस्सों में बँटी हुई है, मरीज या मरीज नहीं। इस वक्त उसे लगा कि दसवीं के बाद आई.एस.सी. में वह बायोलॉजी की जगह मैथ्स ले लेगी। नहीं बनना उसे डॉक्टर।

उसने अँधेरे में ही मानस को एस.एम.एस. किया, ''तुम मेरे बोबो को रख लो प्लीज।''

मानस अभी सोया नहीं था, उसने जवाब दिया, ''नो चांस, मेरी दादी माँ को कुत्तों से बहुत चिढ़ है। वह बोबो को घर में घुसने ही नहीं देंगी।''

''गैरेज में रख लो।''

''मुश्किल है।''

सुबह तैयार होकर जब दिशा स्कूल के लिए निकल रही थी, मम्मी ने कहा, ''यह अपना डॉगी साथ लेकर जाओ। हम दिन भर काम करें और रात भर तुम्हारे डॉगी की कूँ-कूँ सुनें, यह नहीं हो सकता।''

दिशा एकदम फँस गयी। भला कोई कुत्ते के साथ स्कूल के अन्दर घुस सकता है! आज तीसरे पीरियड में साइंस टेस्ट भी है। उसने ड्राइवर को इशारा किया। ड्राइवर ने गद्दी और तौलिए समेत बोबो को उठाया।

दिशा ने अपार्टमेंट के चौकीदार से कहा, ''देखो बहादुर, मैं अपना पप्पी थोड़ी देर को छोड़े जा रही हूँ। घर में इसे लेकर बवाल हो रहा है। मैं जल्दी कुछ करती हूँ।''

क्लास में दिशा ने सबसे पूछा। किसी को भी पालतू कुत्ते की जरूरत नहीं थी। दिशा बहुत निराश हो गयी। आज का साइंस टेस्ट भी अच्छा नहीं हुआ।

आधी छुट्टी में प्रतीक का फोन आया, ''हैलो दिशि, तुमने मुझे तो बताया

ही नहीं, तुम्हारी क्या प्रॉब्लम है। मधु ने मुझे बताया। तुम्हें पता है शहर में मकानों में कितनी थोड़ी जगह होती है। मौसी तो तुम्हारे बोबो को कतई नहीं झेल सकतीं।''

''फिर मुझे फोन क्यों कर रहे हो?''

''मैंने एक रास्ता निकाला है। हमारे घर में जो लड़का दूध लेकर आता है, वह पालतू कुत्ता रखने को तैयार हो गया है। थोड़े से पैसे देने पर वह उसकी पूरी देखभाल करेगा।''

प्रकाश का घर प्रतीक की मौसी के घर से कुछ ही फासले पर था। उसके यहाँ पहले से ही दो भैंसें, एक गाय, तीन बकरी और दस मुर्गियाँ थीं। वह दूध और अंडों का छोटा-मोटा कारोबार करता था। दिशा ने भारी मन से बोबो को रुखसत किया। उसने प्रतीक से कहा, ''तुम हर हफ्ते जाकर देख लेना कि बोबो सही सलामत है।''

मुश्किल तो हल हो गयी पर दिशा बहुत सुस्त हो गयी। उसे लगा यह कैसा घर है जहाँ एक छोटे से पिल्ले का भी गुजारा नहीं हो सकता। घर को तो बहुत बड़ा और खुला होना चाहिए। हमारे घर में न जगह की कमी है न पैसों की, फिर भी मेरा एक छोटा-सा बोबो यहाँ नहीं रह सकता? कहने को यह मेरा घर है पर असल में यह मम्मी-पापा का घर है। उनकी मर्जी के बिना यहाँ चींटी भी नहीं रह सकती।

बोबो नाम की बला के टलने से दिशा के मम्मी-पापा बहुत खुश हुए। रात को उन्होंने खाने के समय दिशा से कहा, ''बेटे, तुम्हारा काफी समय खराब हो गया। अब कसकर पढ़ाई करो ताकि बढ़िया नम्बर आ जायँ। अभी से पी.एम.टी. की तैयारी करोगी तभी कामयाबी मिलेगी।''

दिशा का मन खाने से उखड़ा हुआ था। उसे ख्याल आया—पता नहीं बोबो

ने क्या खाया। कहीं भूखा तो नहीं सो गया? दिशा ने दो चम्मच पुलाव खाकर प्लेट सरका दी।

डॉक्टर अभिलाष ने कहा, ''अच्छी पढ़ाई के लिए अच्छी तरह खाना भी जरूरी होता है, बेबी।''

दिशा बोली, ''खाने के लिए भूख लगनी जरूरी होती है, मम्मी। मैं पढ़ने जा रही हूँ।''

अभिलाषा ने चैन की साँस ली, ''पढ़ लिख कर काबिल डॉक्टर बन जाओ तो हमारा जीवन सार्थक हो जाय।''

डॉक्टर साहब बोले, ''अगर लेडी डॉक्टर नहीं बनना चाहती तो ई.एन.टी. में स्पेशलाइज कर लो। मेरा सारा गुडविल तुम्हें मिलेगा।''

दिशा ने भन्नाकर कहा, ''हमें डॉक्टर बनना ही नहीं है।''

''फिर तुम क्या करोगी?'' माँ ने हतबुद्धि होकर कहा।

''कुछ भी बन जाऊँ पर डॉक्टर नहीं बनूँगी, मम्मी।''

''ऐसा क्यों?''

''बस, मुझे लगता है डॉक्टर बहुत बेरहम होते हैं। बीमार आदमी की मजबूरी से वे कमाई करते हैं।'' दिशा ने कहा।

''और जो बीमारी वे ठीक करते हैं वह?'' पापा ने पूछा।

''पापा, आप ही तो कहते हैं—बहुत-सी बीमारियाँ वक्त के साथ अपने आप ठीक हो जाती हैं। मैं बहस नहीं करना चाहती पर मैं कलाकार बनना चाहती हूँ। मैं संगीत या चित्रकला सीखना चाहती हूँ। आप दोनों की मैं रात-दिन की भाग-दौड़ देखती हूँ। मैं ऐसी जिन्दगी नहीं जीना चाहती।'' दिशा ने अपने मन की सारी भड़ास निकाल दी। दिशा के माँ-बाप हक्का-बक्का बेटी की तरफ देख रहे थे। उन्हें लग रहा था दिशा उनके फ्रेम से बाहर निकलती जा रही है।

□□